Sonia Sarfati

LA VILLE ENGLOUTIE

Illustrations
de Caroline Merola

la courte échelle
Les éditions de la courte échelle inc.

Les éditions de la courte échelle inc.
5243, boul. Saint-Laurent
Montréal (Québec) H2T 1S4

Conception graphique:
Derome design inc.

Révision des textes:
Odette Lord

Dépôt légal, 2e trimestre 1992
Bibliothèque nationale du Québec

Données de catalogage avant publication (Canada)

Sarfati, Sonia

La ville engloutie

(Roman Jeunesse; RJ 36)

ISBN: 2-89021-179-7

I. Merola, Caroline. II. Titre. III. Collection.

PS8587.A3767V54 1992 jC843'.54 C92-096061-8
PS9587.A3767V54 1992
PZ23.S27Vi 1992

Sonia Sarfati

Née à Toulouse en 1960, Sonia Sarfati a fait des études en biologie et en journalisme. Elle est présentement journaliste aux pages culturelles de *La Presse* où elle s'occupe particulièrement du domaine jeunesse. Elle travaille aussi à la *Presse Canadienne.* Elle a déjà publié un traité humoristique sur les plantes sauvages et deux livres pour les jeunes.

Sonia Sarfati a reçu quelques prix de journalisme. Et en 1990, elle a obtenu le prix Alvine-Bélisle qui couronne le meilleur livre jeunesse de l'année. Comme Soazig, l'héroïne de son roman, elle aime beaucoup faire de l'escalade et elle adore les légendes et les mystères...

La ville engloutie est le premier roman qu'elle publie à la courte échelle.

Caroline Merola

Caroline Merola est née à Montréal en 1962. Elle a obtenu un baccalauréat de l'école des Beaux-Arts de l'Université Concordia et elle travaille depuis presque dix ans. On peut voir ses illustrations dans des manuels scolaires, sur des affiches et dans des revues comme *Santé* et *Croc*. Elle fait aussi de la bande dessinée. Elle a d'ailleurs donné des ateliers de bandes dessinées au cégep du Vieux-Montréal. Elle a également eu la chronique des arts visuels à *Plexi-mag,* à Télé-Métropole.

En 1990, elle obtient le prix Onésime, décerné à l'auteur du meilleur album de bandes dessinées au Québec, pour *Ma Meteor bleue*. Et elle adore lire des romans policiers.

La ville engloutie est le premier roman qu'elle illustre à la courte échelle.

Sonia Sarfati

LA VILLE ENGLOUTIE

Illustrations
de Caroline Merola

la courte échelle
Les éditions de la courte échelle inc.

Chapitre I
Autoportrait de famille

Disons-le franchement: je suis extraordinaire. Mais ce n'est pas de ma faute.

Tout a commencé il y a plus de onze ans, le jour de ma naissance. Grand-maman Lefrançois, grand-papa Taillefer, tante Sophie, un des patrons de papa, la meilleure amie de maman... et tous les autres ont demandé à mes parents: «Comment allez-vous l'appeler?»

La question est simple. La réponse, plus compliquée.

Quelque temps avant ma naissance, mes parents se trouvaient en Bretagne. Dans cette longue pointe de terre qui fait comme un gros nez à la France. Ils y passaient des vacances romantiques. Neuf mois plus tard, j'arrivais.

En souvenir de ces vacances aussi extraordinaires que moi, ils m'ont donné un nom breton. Très, très, très breton. Et là, défense de rire.

Soazig. Je m'appelle Soazig — ça se prononce So-a-zik.

— Peux-tu me répéter cela? avait demandé grand-maman Taillefer quand ma mère lui avait annoncé la bonne nouvelle.

— So-a-zig, maman, avait répété ma mère.

Silence sur la ligne. Puis...

— Comment? Saucisse?

— Mais non! Soazig. S-o-a-z-i-g, c'est pourtant simple!

Silence encore plus long. Et ma grand-mère avait conclu par cette phrase maintenant célèbre dans toute la famille:

— Bien, l'important... c'est qu'elle soit en bonne santé!

Voilà donc la première chose qui me rend extraordinaire: mon prénom. D'accord, ce n'est pas extraordinaire dans le sens de fantastique, génial, wôw! C'est juste un extraordinaire qui veut dire inhabituel, bizarre. Et des choses dans ce genre-là, qu'on ne rencontre pas très souvent, j'en ai encore plusieurs en réserve.

Par exemple, Sébastien, mon père, a les yeux bleus. Ma mère, Jocelyne, les a verts. Les miens? Le gauche est vert, le droit est bleu. Peut-être parce que mes parents font tout moitié-moitié.

Passons ensuite à mes cheveux. Ceux de ma mère sont blonds très clairs et ceux de mon père, roux foncé. Toujours sur le principe de l'égalité, les miens peuvent être qualifiés de roux pâle ou de blond foncé. Cela dépend des goûts.

Et puis... je suis âgée de presque trois ans. Même si j'ai l'air d'en avoir quatre fois plus. Surpris? Pas plus que moi quand, juste avant mes six ans, j'ai cherché la date de mon anniversaire sur un calendrier. Elle n'y était pas.

Je suis née un 29 février. Mon vrai anniversaire ne revient donc que tous les quatre ans, quand il y a une année bissextile.

Finalement, j'ai des parents qui, eux aussi, sortent de l'ordinaire. À cause de leur profession.

Sébastien est comédien. On le voit dans peu de films et dans beaucoup de publicités. Et on l'entend très souvent dans les versions françaises de films américains, car il travaille énormément dans des studios de doublage.

Il a déjà fait la voix d'un vampire dans un film qu'il n'a pas voulu m'amener voir au cinéma (mais que je vais louer dès qu'il sortira en vidéocassette). J'adore les films d'horreur.

Ce que j'ai aimé, pendant qu'il faisait ce doublage, c'est quand il répétait son rôle à la maison. Il réussissait à me faire peur. Je regardais souvent sa bouche pour être sûre que ses dents ne poussaient pas. On ne se méfie jamais assez...

Passons maintenant à Jocelyne. Elle est journaliste dans le domaine culturel. On la surnomme la femme qui écrit plus vite que son imprimante, paraît-il. Et je veux bien le croire. Nommez-moi une chose que ma mère ne fait pas vite!

La cuisine? Il lui faut dix minutes pour préparer des filets de sole amandine sur canapé de riz. C'est sûrement pour elle qu'on a inventé les repas surgelés et le four à micro-ondes.

Le ménage? Une tornade blanche! Mais après son passage, ne cherchez pas à retrouver les choses qu'elle a rangées.

L'exercice? Pfft! Elle a couru le marathon trois fois. Mais elle n'a aucun mérite: elle s'entraîne 24 heures par jour..., puisqu'elle court tout le temps.

Mes parents travaillent donc beaucoup.

Mais grâce à eux et à leur métier, je vois des spectacles très souvent et je connais beaucoup d'artistes. J'ai la plus grosse collection d'autographes de l'école, et même du quartier!

Et puis, il y a encore un autre avantage à la profession de Jocelyne et Sébastien. Je voyage. Assez souvent et assez loin.

Chapitre II
Destination: Bretagne

— Je viens avec toi.
— Pas question.
— Oui, question!
— Soazig, j'ai dit non. Tu n'es pas en vacances, et je ne veux pas que tu manques l'école pour rien.

Qui affirme que ma mère a une tête de mule? Tout le monde. Mais ce que les gens ne savent pas, c'est que sa fille est pire.

Résultat: je suis maintenant dans l'avion, à côté de Jocelyne. Nous allons rejoindre Sébastien qui nous a quittées à la mi-septembre pour environ deux mois. Il a obtenu un rôle dans un film et, depuis six semaines, il est en Bretagne. Dans cette région française où j'ai été conçue.

Jocelyne a décidé d'aller le rejoindre là-bas. Et moi, je voulais faire partie du voyage, parce que la Bretagne, c'est rempli de légendes, de contes et de fantômes.

De toutes sortes de choses très intéressantes, quoi! Et on voulait me priver de tout ça à cause de l'école?

— Il n'y a pas que ça, Soazig, avait dit Jocelyne. Tu sais bien que je vais travailler là-bas. Je n'aurai pas le temps de m'occuper de toi.

Parce que la femme qui voudrait penser plus vite que son cerveau n'allait pas se contenter de simples vacances! Puisqu'elle traversait l'océan pour rejoindre Sébastien qui travaillait, elle allait travailler, elle aussi. Quelques coups de téléphone aux bonnes personnes, et elle s'était fait commander trois reportages.

Pendant ce temps, Sébastien continuerait à tenir son rôle dans *Tristan et Iseult* (c'est le nom du film). Une production drôlement importante à laquelle participent plusieurs pays.

Tristan et Iseult est en fait une légende très ancienne, mais sans fantômes ni esprits effrayants. Une histoire d'amour plutôt démodée qui ressemble un peu à *Roméo et Juliette,* puisque les deux héros meurent à la fin.

Sébastien n'y joue pas le rôle de Tristan, mais celui de Gorvenal, son écuyer. Lui aussi, il meurt à la fin. Dans un combat de chevaliers. Un vrai héros!

Au début, j'espérais que Sébastien interprète Tristan. Mais quand on m'a raconté l'histoire, j'ai changé d'idée. Je n'aurais pas aimé qu'il soit filmé dans un lit avec l'actrice qui fait Iseult. Ça m'aurait gênée que tout le monde (surtout mes copains) voie les fesses de mon père au cinéma...

Alors voilà. Pendant les deux semaines qui viennent, mes parents vont travailler. Moi? J'aimerais bien aller à la chasse. À la chasse aux fantômes, évidemment.

En attendant, je regarde par le hublot la mer de nuages sur laquelle semble flotter le Boeing 747. Et je souris. Bye-bye, l'école. Bonjour, l'aventure. Car il va m'arriver quelque chose en Bretagne. J'en suis sûre.

Comment pourrait-il en être autrement, puisque notre hôtel se trouve dans... la baie des Trépassés? Oui, je vais habiter dans une baie qui, si je me fie à son nom, est pleine de morts! Brrr...

J'ai hâte d'arriver. Peut-être qu'en dormant un peu, le temps passera plus vite.

Chapitre III
Les légendes de la baie

Soudain, dans un sursaut, j'ouvre les yeux. Tout est noir autour de moi. Où suis-je? Il me suffit d'une fraction de seconde pour reprendre mes esprits. Il est, selon ma montre, minuit, et je me trouve dans ma chambre, à l'hôtel de la baie des Trépassés. Jocelyne et moi y sommes arrivées vers seize heures.

J'étais tellement épuisée que je me suis couchée tout de suite. Maintenant, je n'ai plus sommeil, à cause du décalage horaire. Il est dix-huit heures pour moi. Si j'étais à Montréal, je sortirais à peine de table. Impossible, donc, de me rendormir. Je me tourne et me retourne dans mon lit. Et je revois tout mon voyage.

Atterrissage à l'aéroport Charles-de-Gaulle, autobus jusqu'à la gare, train jusqu'au métro, métro jusqu'à la gare Montparnasse. Tout ça, avec trois tonnes et demie de valises!

Une fois à la gare Montparnasse, nous sommes montées dans le train. J'étais assise à côté de ma mère et à peine étions-nous installées qu'un capitaine de marine s'est assis en face de nous. Jocelyne et lui n'ont fait que parler pendant les quatre heures qu'a duré le voyage.

Quand nous sommes finalement arrivées à Brest (Brest comme dans «tonnerre de Brest!»), le capitaine Crochet (Crochet, parce qu'il ne voulait plus lâcher Jocelyne) nous a quittées en apercevant Sébastien. Grandes embrassades. Et hop!

En voiture. Un peu plus d'une heure de route pour arriver à la baie des Trépassés.

J'en ai profité pour admirer les paysages bretons. L'herbe est très verte, car il pleut souvent, et la mer surgit au moindre détour. Magnifique. Les maisons, petites et toutes collées les unes aux autres, ont des murs blancs et des toits de tuiles noires.

L'hôtel de la baie des Trépassés est toutefois différent. Il est assez gros, il a des murs beiges et un toit gris d'où semblent pousser une dizaine de lucarnes. Il est planté tout seul à quelques mètres de l'océan, directement sur la plage.

En pensant à cette plage, je me mets soudain à frissonner. Car je me rappelle certaines choses que j'ai lues à son sujet. Par exemple, le poète français Auguste Brizeux a écrit, un jour, au sujet de la baie: «Son sable pâle est fait des ossements broyés et les bruits de ses bords sont les cris de noyés.»

Et puis il y a la légende d'Ys. Construite au bord de la baie des Trépassés, Ys était une grande ville, très riche, très belle. Le roi Gradlon y vivait avec sa fille, Ahès-Dahut. Mais ils n'étaient pas très gentils, tous les deux.

Un soir, le diable s'est présenté à Ahès-Dahut sous la forme d'un beau jeune homme. Il lui a demandé les clés de la digue qui empêchait l'océan de recouvrir Ys. Ahès-Dahut lui a obéi. Le diable a alors ouvert la barrière, et la ville a été engloutie.

Le roi a réussi à s'échapper, mais sa fille, prisonnière des eaux, est devenue Marie-Morgane. C'est une sirène qui, par son chant, attire les pêcheurs au large pour qu'ils se noient.

Soupir. Comment pourrais-je me rendormir, en pensant à de telles choses? Change de côté, et rechange de côté. Je sens que je vais m'énerver.

Soudain... Je rêve? Non, impossible, puisque je ne dors pas. Mais alors, qu'est-ce que c'est, cette musique qui vient de la plage? Curieuse, je me lève et je pousse le volet qui ferme ma fenêtre. Il se rabat avec un grincement lugubre.

Quelqu'un est assis sur la plage, à quelques mètres de moi, le visage tourné vers l'océan. Je ne peux m'empêcher de frissonner en fixant cette silhouette... qui tourne alors sa tête dans ma direction. La

musique s'est tue. Et la voix d'une fille de mon âge s'élève dans la nuit.

— Bonsoir. Tu viens d'arriver?

Les mots sont bloqués dans ma gorge. Je fais oui de la tête. Et, malgré la nuit, l'inconnue semble voir mon geste.

— Ah bon! Et comment t'appelles-tu? poursuit-elle.

— Soazig.

Miracle! J'ai pu parler! Courage, Soazig, continue.

— Et toi, tu t'appelles comment?

— Marie-Morgane.

Chapitre IV
Le bout de la terre

Ma gorge, qui avait commencé à se détendre, se resserre de plus belle. Marie-Morgane? Comme la princesse devenue sirène? Non, ça ne se peut pas... Je ne peux pas me trouver en face d'un personnage de légende à peine quelques heures après mon arrivée! Je suis extraordinaire, oui. J'ai de la chance, oui. Mais pas à ce point-là, quand même!

Pendant que je réfléchis, Marie-Morgane se lève et vient vers moi. Tiens... elle n'a pas de queue de poisson. Et elle a une flûte à la main, ce qui explique le chant étrange que j'entendais tout à l'heure.

— Tu dois être la fille de M. Lefrançois, celle qui vient d'arriver de Montréal? dit-elle.

Je hoche la tête. Et elle, elle continue à parler.

— C'est à cause du décalage horaire

que tu es déjà réveillée.

Oui, ça, je le sais. Mais elle, qu'est-ce qu'elle fait debout, à cette heure-ci? Avec sa flûte, elle essaie de charmer les poissons, les serpents de mer... ou les marins?

— Si tu ne peux vraiment pas dormir, tu n'as qu'à venir me rejoindre dehors, je vais te montrer des choses très, très intéressantes, poursuit Marie-Morgane.

C'est alors que je comprends tout.

— Tu es la fille des propriétaires de l'hôtel!

— Eh oui! répond-elle.

— Mon père n'a pas arrêté de me parler de toi, quand il nous téléphonait à Montréal. Une fois, il m'a dit: «Tu vas voir, Soazig, tu ne vas pas t'ennuyer avec Marie-Morgane. Elle va te montrer la région.» Et une autre fois: «Sais-tu ce que Marie-Morgane m'a raconté? Que la baie des Trépassés est beaucoup plus intéressante à visiter de nuit que de jour.»

Marie-Morgane éclate de rire.

— Et c'est vrai! D'ailleurs, je peux te le prouver tout de suite!

Une occasion comme celle-là, ça ne se rate pas!

— Bon, d'accord. J'espère que personne ne va m'entendre quand je vais sortir...

— Pas de problème! déclare ma nouvelle amie. Va t'habiller, je me charge du reste.

Je hausse les épaules. Je retourne dans ma chambre. J'enfile un survêtement de jogging et un chandail en laine. Je laisse un mot sur le lit pour indiquer à mes parents que je suis dehors, tout près, en sécurité avec Marie-Morgane. Au cas où ils se réveilleraient et viendraient voir dans ma chambre si j'allais bien.

Puis je reviens à la fenêtre. Là, surprise! Marie-Morgane a appuyé un escabeau contre le mur, pour que je puisse sortir par la fenêtre. Heureusement, je ne suis qu'à un demi-étage du sol.

En un rien de temps, je retrouve Marie-Morgane dehors. Assise sur la plage, elle joue de la flûte au rythme des vagues. À moins que ce ne soient les vagues qui suivent le rythme de sa musique.

Intriguée, je m'assois à côté d'elle et je prends le temps de l'examiner. Elle est à peu près de la même taille que moi, elle doit avoir mon âge. Ses cheveux sont très noirs et très longs. Je ne peux

pas voir la couleur de ses yeux, mais on dirait qu'ils sont assez clairs.

— Tu veux que je te raconte? me demande-t-elle soudain.

— Me raconter quoi?

— Les deux pointes, l'île! Tout, quoi!

Sans attendre ma réponse, elle commence à parler. Moi qui croyais en savoir long sur la région, je me trompais!

La baie des Trépassés, où nous nous trouvons, est entourée de deux pointes de terre qui avancent dans la mer. À droite, c'est la pointe du Vent. À gauche, la pointe du Raz.

— Du rat? Quelle horreur! Il n'y en a qu'un, j'espère!

Marie-Morgane se met à rire avant de m'expliquer qu'elle parle d'un raz avec un *z*, pas avec un *t*. Et qu'un raz avec un *z*, c'est un passage entre les récifs utilisé par les bateaux.

Or, au bout de la pointe du Raz, il y a beaucoup de récifs... et un raz qui permet de les éviter! En fait, il y en a même deux. Un, près de la pointe; l'autre, un peu plus au large, à proximité de l'île de Sein.

— L'île de Saint qui?

— Pas saint comme dans Saint-Joseph!

s'exclame-t-elle en riant aux éclats. Sein comme dans... comme ça!

En disant ces mots, elle se touche la poitrine. Et j'éclate de rire à mon tour avant de lui expliquer le pourquoi de mon erreur. Je lui nomme une dizaine de villes québécoises (Saint-Sauveur, Saint-Ferréol-les-Neiges...), et Marie-Morgane comprend pourquoi «Saint» tout court, ça ne me suffisait pas!

On rit un moment, puis ma nouvelle amie continue ses récits.

— Voilà! Tu en sais presque aussi long que moi sur la région! s'écrie bientôt Marie-Morgane. Maintenant, tu es prête à me suivre jusqu'au bout du monde.

Je la regarde en fronçant les sourcils.

— Que veux-tu dire par «le bout du monde»?

Marie-Morgane m'explique que la pointe du Raz est l'un des endroits où l'Europe s'avance le plus dans la mer. Avant la découverte de l'Amérique, les gens qui parvenaient à l'extrémité de cette pointe croyaient être arrivés... au bout de la terre.

Selon elle, ça vaut le coup d'y aller la nuit. Pendant la journée, il y a trop de touristes, et il est impossible de sentir tout ce qu'il y a d'étrange et de fantastique à cet endroit.

Intéressant. Passionnant, même. Et comme je ne me sens pas du tout fatiguée, je dis à Marie-Morgane que oui, je suis prête à la suivre jusqu'au bout du monde. Mais auparavant, je veux lui montrer que je ne suis quand même pas une complète ignorante. Et que je me suis renseignée sur sa région.

— Si on est seules sur la pointe, peut-être qu'on pourra entendre le chant de Marie-Morgane...

Mon amie me regarde en fronçant les sourcils, me poussant à continuer.

— Marie-Morgane, la princesse transformée en sirène qui attire les marins sur les récifs! Tu dois sûrement connaître cette légende! Je suis sûre que tes parents t'ont donné ce nom à cause de cette histoire...

— En effet, répond-elle en prenant un ton mystérieux. Mais ils se sont trompés. Je ne suis pas une sirène. Je suis un fantôme.

Chapitre V
Un enfer nommé Plogoff

À ces mots, les agréables frissons qui me parcouraient le dos pendant que j'écoutais les légendes de Marie-Morgane se transforment en tremblement. Si ça continue, je vais provoquer un glissement de terrain!

Voyant mon expression inquiète, mon amie ajoute:

— Les clients de l'hôtel me surnomment «le fantôme» parce que je me lève souvent la nuit. J'ai toujours été comme ça: je dors très peu.

Ouf! Ce n'était que cela! Je laisse échapper un petit soupir de soulagement et un petit «hé! hé!» complètement idiot, avant de changer de sujet.

— Alors, on y va, au bout du monde?

Là-dessus, Marie-Morgane saute sur ses pieds.

— On prend les vélos, me dit-elle. Ça ira plus vite.

Nous allons derrière l'hôtel et nous prenons, dans le garage, les deux bicyclettes munies d'un phare. Nous les enfourchons et pédalons. Pédalons. Pédalons. Et montons. Montons. Et transpirons. En tout cas, moi, je transpire! Marie-Morgane, elle, a l'air à l'aise comme... une sirène dans l'eau!

— On y est presque! me lance-t-elle au bout d'une vingtaine de minutes où il n'y a pas eu la moindre descente, même minuscule, pour me permettre de reprendre mon souffle.

Sur le bord de la route, un panneau indique le nom du village dans lequel nous entrons: Plogoff. Je trouve la force d'esquisser un sourire. Tu parles d'un nom!

Nous roulons encore pendant quelques minutes. Sur du plat, heureusement. Bientôt, les maisons disparaissent, laissant la place à des terres nues battues par le vent.

Un paysage sauvage qui se transforme brusquement... en une grande place tout ce qu'il y a de plus civilisée, délimitée par des magasins de souvenirs et des restaurants. Des restaurants où l'on mange quoi? Des crêpes bretonnes, évidemment! Mais pour l'instant, on n'y mange

et on n'y achète rien. Tout est fermé. Pas surprenant: il est deux heures du matin.

Marie-Morgane s'arrête. Je l'imite. Je suis fatiguée, j'ai chaud. Et je suis un peu déçue: j'imaginais un bout du monde beaucoup plus excitant. Je ne me gêne d'ailleurs pas pour partager mes sentiments avec mon amie. Elle se contente de sourire et de me faire un signe du menton.

Là, spécifions que même si je suis extraordinaire, je n'ai pas d'yeux dans le dos. Dommage. Cela m'aurait évité de pousser un cri d'horreur qui a failli m'arracher les cordes vocales!

Inconsciente, donc, je tourne la tête et ma lampe de poche dans la direction indiquée par Marie-Morgane. Et devant moi surgit tout à coup de l'ombre... un horrible bâtiment. Il est recouvert d'une immense murale de bois sculpté représentant des femmes en pleurs tenant dans leurs bras un homme presque entièrement nu. Mort. Noyé. Tout blanc. Tout maigre.

— C'est le musée de la pointe du Raz, dit simplement Marie-Morgane. Horrible!

Elle a bien raison! C'est vraiment morbide. Parfaitement sinistre. Et drôlement excitant à la fois.

— Suis-moi, murmure mon amie au bout de quelques secondes, sur un ton complice.

Nous traversons un parking, puis nous quittons la civilisation. Nous marchons sur de la terre battue de laquelle surgissent des pierres traîtresses qui nous font trébucher.

Nous nous rapprochons de l'océan. Nous le sentons. Et nous l'entendons de tous côtés, mais sans parvenir à le voir, car il fait très noir.

La piste devient de plus en plus difficile à suivre, le vent souffle de plus en plus fort, et le bruit des vagues se fait de plus en plus assourdissant. Il faudrait crier pour s'entendre.

Mais ce n'est pas un problème, puisque nous ne nous parlons plus. Nous sommes trop occupées à trouver notre chemin parmi les pierres. Quelques pas vers la gauche, plusieurs pas vers la droite pour contourner ce gros rocher et... hiii!

Le vide. Il n'y a plus rien. À part l'océan, quelque part au pied des falaises d'environ 70 mètres de hauteur, me souligne Marie-Morgane. En bas, un bruit de tonnerre se fait entendre. Ce sont les vagues qui s'engouffrent avec un bruit assourdissant dans une enclave, un grand trou appelé l'enfer de Plogoff.

Oui, ça y est. Nous sommes arrivées au bout de la pointe du Raz! Au bout du monde!

— Éteins ta lampe, me suggère Marie-Morgane.

J'obéis. Et ma gorge se serre. Les larmes me montent presque aux yeux tellement tout cela est grandiose. La lune s'est levée, comme par magie, et jette juste ce qu'il faut de lumière pour embellir tout

en enveloppant de mystère cet endroit unique.

— Oh, Marie-Morgane! Je ne te remercierai jamais assez!

Bizarre. On dirait que mes mots sonnent dans le vide... pour la bonne raison que Marie-Morgane n'est plus à côté de moi!

— Marie-Morgane! Où es-tu?

Seul l'océan me répond.

— Marie-Morgane!

— Par ici, Soazig! Viens voir ce que j'ai trouvé!

Je pousse un soupir de soulagement avant de fouiller l'obscurité avec ma lampe de poche.

— Où es-tu? Je ne te vois pas!

— Je suis ici! Ici!

C'est alors que je la vois. Pas Marie-Morgane, mais la lumière qui semble sortir du sol. Je me précipite vers cette lueur... et je la vois. Cette fois-ci, c'est Marie-Morgane. Elle s'est infiltrée dans une faille dont l'entrée est partiellement dissimulée par de gros rochers.

— J'ai trouvé un souterrain! souffle-t-elle en souriant.

Chapitre VI
Retour au souterrain

Marie-Morgane me raconte que pendant que je m'extasiais devant la beauté du bout du monde, elle avait décidé de se promener. Mais je crois que, même si elle faisait la brave, elle avait un peu peur de se retrouver là, en pleine nuit. Alors, elle tenait à la main une agate bleue qu'elle a toujours dans sa poche. Cette pierre lisse est son porte-bonheur.

À un certain moment, elle l'a échappée. Le caillou a roulé et est tombé dans une faille. Marie-Morgane l'a repéré grâce à la lampe frontale qu'elle utilise lors de ses excursions nocturnes.

Comme elle n'arrivait pas à introduire son bras dans la faille, elle a poussé quelques rochers... et s'est aperçue que le trou était en fait l'entrée d'un souterrain.

— Et tout ça, grâce à mon agate! s'exclame-t-elle. Qu'est-ce qu'on fait, maintenant?

Finalement, nous décidons de ne pas poursuivre l'exploration tout de suite. Il est trois heures du matin et nous sommes fatiguées. Nous remettons les rochers en place, pour dissimuler l'entrée du passage, et retournons à l'hôtel.

Malgré mon excitation, je m'endors aussitôt couchée. Pour me réveiller vers huit heures! Je n'ai jamais aussi peu dormi! Mais je m'en fiche, je veux profiter au maximum de ces vacances qui s'annoncent... extraordinaires, bien sûr!

Bref, quinze minutes après mon réveil, j'arrive dans la salle à manger où mes parents sont en grande discussion.

— Déjà levée, toi? s'exclame Sébastien, en congé aujourd'hui. J'espère que tu es en forme, car Jocelyne et moi avons eu une idée géniale.

Je dois avouer que leur idée géniale n'est vraiment pas bête: nous allons passer la journée à Carnac, voir les menhirs. Plus de 2000 grosses pierres qui ont été alignées il y a environ 5000 ans par les ancêtres d'Obélix!

Super! Pour les menhirs, mais aussi parce que, Carnac étant plutôt loin, nous allons faire à peu près cinq heures de voiture... pendant lesquelles je vais pouvoir dormir!

Entre mes deux longues siestes, nous visitons les alignements de menhirs. Encore une fois, la Bretagne m'éblouit.

D'accord, ça n'a rien de génial en soi, tous ces rochers dressés les uns derrière les autres. Mais c'est l'ambiance et le mystère qu'ils dégagent qui sont — bien sûr! — extraordinaires.

Je passe donc une journée magique. Et la nuit promet d'être assez particulière également, puisque Marie-Morgane et moi retournons au souterrain.

Allongée sur mon lit, je jette un coup d'oeil sur ma montre. Minuit et quart. Dans une quinzaine de minutes, mon amie devrait me faire signe.

Je me dépêche de faire mes derniers préparatifs. C'est rapide: je n'ai qu'à mettre un chandail en laine et un coupe-vent doublé dans mon sac à dos.

— Soazig!

Je me lève aussitôt, j'enjambe le bord de la fenêtre, je dégringole les barreaux de l'escabeau et je me retrouve à côté de Marie-Morgane. Sans un mot, nous prenons les bicyclettes et nous pédalons sur le chemin qui mène au bout du monde et, peut-être, au centre de la terre!

C'est en arrivant sur la place touristique où nous laissons nos vélos que je m'aperçois avec consternation que j'ai oublié ma lampe.

— Ce n'est pas grave, on s'éclairera toutes les deux avec ma lampe frontale, dit Marie-Morgane. De toute manière, on n'a pas le choix...

Et notre expédition commence. Silencieuses, nous marchons vers l'enfer de Plogoff. Nous marchons vite, comme au rythme de notre impatience.

Mais, une fois devant la faille, nous sommes un peu intimidées. Devrions-nous vraiment y aller? Nous nous regardons pendant quelques secondes, indécises. Puis Marie-Morgane respire un grand coup et s'engage dans l'ouverture sombre.

Je la suis immédiatement, par goût de l'aventure et, je l'avoue, parce que je ne veux pas rester seule dans le noir!

Le souterrain est long, sombre, mais il n'est pas dangereux. Les parois sont faites en roc solide, il ne semble donc pas y avoir de risque d'éboulement. Le sol est boueux, parfois glissant, parsemé de pier-

res qui surgissent çà et là, mais jamais d'obstacles que l'on ne puisse contourner.

Et puis, il n'y a pas de bestioles écoeurantes, comme des araignées de caverne et des chauves-souris.

Nous marchons. Et le temps passe. Des secondes, des minutes. Mais quand même pas des heures. À vrai dire, cela doit faire un peu plus d'une demi-heure que nous avançons lorsque...

— Soazig! Regarde!

Marie-Morgane crie... à voix basse, en pointant son index droit devant nous. Il y a une lumière qui semble jaillir de la nuit, à une vingtaine de mètres de nous.

Nous accélérons le pas et, en quelques secondes, nous parvenons à un vieux mur de pierres, qui ferme le souterrain. La lumière que Marie-Morgane avait vue sort d'entre deux de ces pierres. Mon amie a vite fait de coller un oeil curieux à la faille. Elle étouffe une exclamation.

— Qu'est-ce qu'il y a? Qu'est-ce que tu vois?

Elle se retourne avec impatience, un doigt devant la bouche pour me faire signe de me taire. En même temps, elle se déplace pour me laisser regarder. Je ne me fais pas prier pour y aller. Et ce que je vois me stupéfie.

Chapitre VII
Dans le noir

Par la fente du mur, j'aperçois une grande pièce où se trouvent des tables. Les gens assis autour jouent aux cartes ou à la roulette. Et si je me fie aux tas de billets que certains ont à côté d'eux, ils ne jouent pas seulement pour s'amuser!

Je me retourne vers Marie-Morgane et l'interroge du regard.

— Je ne sais pas où nous sommes, chuchote-t-elle. Mais je sais ce que nous avons trouvé: un tripot. Une maison de jeu illégale où les gens parient de très grosses sommes d'argent. On raconte qu'il y en aurait une dans la région, mais personne n'a réussi à le prouver...

— Eh bien! nous, nous allons le prouver.

En disant cela, je me retourne vers la fente. Juste à temps pour voir entrer un homme dans la pièce. Plusieurs personnes s'empressent de l'accueillir. Il sourit, puis il s'approche de la table qui est près de l'ouverture par laquelle j'espionne.

— Ah non!

— Qu'est-ce qui se passe? demande Marie-Morgane.

— Quelqu'un vient de s'installer juste devant le trou.

Marie-Morgane colle son oeil au mur, pour vérifier. Mais, bien sûr, son geste est inutile.

— On devrait revenir à l'hôtel et prévenir la police. Surtout que je pense savoir qui est le propriétaire, ou un des

propriétaires, de l'endroit.

— Qu'est-ce que tu racontes? demande Marie-Morgane.

— Je raconte que l'homme qui s'est installé juste devant nous est probablement très important. Quand il est entré, tout le monde l'a salué, et trois personnes se sont précipitées vers lui. Une pour lui prendre son manteau, l'autre pour lui donner un verre. La troisième lui a désigné une table de jeu.

— Et tu sais qui est cet homme?

— Non. Mais si je le voyais, je le reconnaîtrais facilement. Il est petit, maigre et très laid. Il ressemble à une tortue.

— Une tortue? Tu es sûre?

La voix de Marie-Morgane n'est plus la même. Et elle qui se montre tellement prudente depuis le début de notre expédition a presque crié sa dernière question.

— Oui, bien sûr que je suis sûre... Pourquoi?

— Viens vite! C'est plus sérieux que je ne le croyais.

En disant ces mots, Marie-Morgane s'élance dans le souterrain. Je la suis. Elle doit connaître l'homme que je lui ai décrit. C'est pour cela qu'elle a peur.

Car elle a peur. Je l'ai vue sortir son agate de la poche de son jean. Elle la serre très fort dans sa main.

— Marie-Morgane! Explique-moi ce qui se passe!

Ouf! Elle ralentit. Mais, à la lueur de la lampe, je peux lire l'inquiétude sur son visage.

— L'homme... l'homme qui est entré dans le tripot, celui que tu m'as décrit, il s'appelle Erwann Le Pavec.

Elle se tait une fraction de seconde, comme si ce qu'elle allait me dire avait le pouvoir de changer le cours de l'histoire. C'est, en fait, un peu ce qui se produit.

— Erwann Le Pavec, le petit homme à la tête de tortue, est le maire de Plogoff.

Là, comme si tout avait été «arrangé avec le gars des vues», la lampe s'éteint.

Chapitre VIII
Une autre découverte

Je tends mes bras en appelant Marie-Morgane et je me laisse guider par sa voix pour tenter de la retrouver. Au bout de quelques secondes qui me paraissent être des heures, je touche sa main. Nous nous jetons dans les bras l'une de l'autre, effrayées par le noir et par ce que nous venons de découvrir.

— J'ai perdu mon porte-bonheur, murmure Marie-Morgane.

— Quoi?

Je n'en reviens pas! Nous sommes dans une situation dramatique et tout ce qu'elle trouve à me dire, c'est qu'elle a laissé tomber son caillou bleu!

— Enfin, Marie-Morgane! On s'en fiche, de ton porte-bonheur!

Mais mon amie ne l'entend pas du tout de cette oreille. Elle me passe la lampe inutile et s'accroupit pour essayer, à tâtons, de retrouver sa précieuse agate.

Pendant ce temps, je secoue la lampe, j'ouvre le boîtier où sont les piles afin de vérifier si elles sont bien en place, je le referme. Rien à faire. La lampe ne se rallume pas. C'est affreux, c'est...

— C'est super! crie Marie-Morgane. J'ai trouvé ma pierre!

Elle soupire de soulagement. Je soupire de découragement. Pendant qu'elle s'extasie sur la chance qu'elle a, je me creuse la cervelle pour tenter de trouver une solution. Et je trouve!

L'an dernier, j'ai fait de la spéléologie avec un groupe. La monitrice nous avait fait expérimenter ce qu'était le noir total. Elle nous avait demandé d'éteindre nos lampes, et nous étions retournés à l'extérieur de la caverne en suivant la paroi.

Nous nous étions placés de côté à la paroi, juste assez loin pour pouvoir la toucher avec notre main droite. L'autre main, nous la mettions devant nous, pour nous protéger s'il y avait un obstacle. Et nous avions réussi à sortir de cette manière.

J'explique tout cela à Marie-Morgane, qui suit mes directives. Nous commençons alors à marcher. Lentement. Je me mets en tête, et Marie-Morgane place sa main sur mon épaule, pour me suivre.

Au bout d'un moment, nous changeons de position, car je n'en peux plus: j'ai continuellement l'impression que je vais me cogner le visage contre quelque chose.

Il faut dire que l'obscurité d'une caverne est complète, totale. Impossible pour les yeux de percevoir quelque chose, même après plusieurs minutes dans le noir. C'est exactement ce que nous vivons présentement. L'obscurité qui nous entoure est étouffante. Elle nous envahit les yeux. Nous rentre par le nez. Nous remplit la bouche. Nous serre le coeur.

J'ai peur. Je ne me sens plus extraordinaire du tout. Je ne suis plus qu'une fille de onze ans, perdue dans le noir, qui donnerait n'importe quoi pour se retrouver dans sa chambre, ou pour entendre la voix de son père ou de sa mère. C'est bébé, mais je m'en fiche. J'ai peur.

— Aïe! crie soudain Marie-Morgane.

— Tu t'es fait mal?

— Je me suis cogné le front.

— Tu veux que je me mette en avant?

— Non, non, c'est mon tour, répond-elle courageusement.

Nous reprenons notre marche. Lentement. Tellement lentement! Quand soudain:

— Soazig! Je ne sais pas si c'est mon coup sur la tête qui me fait voir trente-six chandelles, mais... regarde devant!

Je tends la tête pour voir devant Marie-Morgane et... non! Non, ce n'est pas son coup sur la tête qui lui fait voir trente-six chandelles! Parce que moi, rien ne m'a frappée, et je la vois aussi, la lumière. Douce, faible, mais présente.

Elle se trouve à quelques mètres de nous. Une distance que nous franchissons le temps de le dire. Nous avions des boulets à nos pieds tout à l'heure; maintenant, nous avons des ailes.

Encore une fois, nous arrivons devant un mur de pierres qui, pour une raison inconnue, a été construit il y a longtemps afin de fermer le souterrain. La lumière s'échappe d'une faille horizontale. Elle est tellement haute que pour réussir à voir ce qui se trouve de l'autre côté du mur, nous devons grimper.

— Ah bien ça, alors! murmure Marie-Morgane en apercevant ce que cache le mur.

Moi, je ne dis rien. Je suis muette d'étonnement. Je regarde, ébahie. Les yeux grands ouverts. La bouche aussi. C'est en tout cas ce que je comprends quand Marie-Morgane me demande gentiment de «la fermer»... alors que je n'ai pas dit un mot.

L'immense pièce qui se trouve sous nos yeux ressemble à une salle à manger comme on en voit dans les films sur le Moyen Âge! Une salle à manger de vieux château!

Il y a la table royale, ses deux trônes, ses assiettes en or et ses chandeliers ornés de pierres précieuses. Et puis il y a les autres tables, celles de la cour, beaucoup plus simples. Toutes les bougies des chandeliers sont allumées, ce qui explique la lumière qui nous permet de voir à l'intérieur.

Au centre du rectangle formé par les tables, le sol de la pièce est recouvert d'un tapis pourpre et or. Tout autour, le plancher semble être de terre battue. Sur les murs sont accrochées des tentures richement brodées.

Malheureusement, nous n'arrivons pas à voir toute la salle, car la faille par

laquelle nous observons est assez étroite. Impossible, donc, de jeter un coup d'oeil sur le plafond.

Au bout de quelques minutes, mes bras sont fatigués et je redescends. Marie-Morgane me suit.

— Nous avons trouvé le château du roi Gradlon, me dit-elle gravement.

Là, je ne comprends plus rien. Le roi Gradlon? C'est le père de la princesse qui est devenue Marie-Morgane, si je me rappelle bien la légende de la ville d'Ys. Ce roi, s'il a seulement déjà existé, il est mort depuis des siècles!

Je livre mes pensées à Marie-Morgane qui, haussant les épaules, ne semble pas en tenir compte. C'est que la légende a une suite... que j'ignorais, mais qu'elle, elle connaît très bien.

Un jour, me raconte-t-elle, un jeune homme a découvert un souterrain dans un manoir situé près de la baie des Trépassés. Il est entré dans ce passage et a marché. À un moment donné, il a entendu le bruit des vagues de l'enfer de Plogoff. Comme nous l'avons entendu tout à l'heure, lorsque nous sommes entrées dans le souterrain. Puis il a débouché...

dans la ville d'Ys!

— La vraie ville d'Ys? Celle qui est sous l'eau?

— Oui. Ys est encore «vivante». Elle attend qu'on y célèbre une messe qui chassera le diable, afin de remonter à la surface.

— Bien voyons! C'est complètement fou! Ça ne se peut pas!

— En Bretagne, tout est possible, dit simplement mon amie.

Ces mots me font frissonner. Je ne suis pas rassurée du tout. Nous devons trouver le moyen de sortir de cette caverne!

Mais comment? Nous avons dû nous retrouver ici — à Ys, comme le croit Marie-Morgane —, car en suivant la paroi, nous avons pénétré dans un embranchement du souterrain que nous n'avions pas vu tout à l'heure.

Si nous revenons sur nos pas, toujours en nous servant de la paroi, nous nous retrouverons à la maison de jeu. Nous ne serons pas plus avancées, mais au moins, nous saurons où nous sommes!

Nous optons donc pour cette solution. Et bientôt, en effet, nous sommes de nouveau derrière le mur de la salle de jeu.

Là, d'inquiétude, de peur ou de froid, je me mets à grelotter. Mon chandail en laine va enfin m'être utile. J'ouvre mon sac pour le prendre et...

— Que je suis bête!

— Chutttt! Ne crie pas comme ça! me lance Marie-Morgane entre ses dents.

Mais je ne m'occupe pas de ses protestations, car j'ai trouvé la solution pour sortir du souterrain. Mon walkman! Je l'avais emporté ce matin pour écouter de la musique dans la voiture en allant à Carnac, et je l'ai oublié dans mon sac. Mon walkman... qui fonctionne à piles!

En quelques secondes, les piles de la lampe sont remplacées. Une demi-heure plus tard, nous émergeons de la caverne et nous nous précipitons sur nos bicyclettes.

Lorsque nous arrivons à l'hôtel, un carillon se fait entendre. Il est quatre heures du matin.

Chapitre IX
Le manoir Keragan

Le lendemain, je me réveille assez tard. À vrai dire, quand je descends à la salle à manger, il est plus l'heure du repas de midi que de celui du matin!

À ma grande surprise, Sébastien est attablé.

— Tu ne travailles pas, aujourd'hui?

— J'ai déjà travaillé, aujourd'hui, répond-il en levant sur moi un visage aux traits tirés et aux yeux rougis. Nous avons filmé toute la nuit, pour rattraper le retard de la semaine dernière. Et nous reprenons à quatorze heures.

— Eh bien! C'est vraiment de l'esclavage, ton tournage! Si le réalisateur continue comme ça, il va te faire mourir!

— Oh! C'est déjà dans ses projets, de me tuer.

— Quoi!

Tout en poussant mon cri, j'aperçois le sourire de Sébastien. Et je comprends:

il parle de son personnage, de l'écuyer Gorvenal, qui doit bientôt mourir.

— Ah! ah! très drôle! Au fait, où est maman?

— Devine...

Et, en choeur, nous nous écrions: «Elle travaille!»

Nous commandons nos plats et nous nous mettons à discuter. Sébastien est vraiment content de tourner un film. Il aime bien le doublage, mais un comédien préfère généralement se trouver devant une caméra que... devant un micro.

— Bonjour, monsieur Lefrançois! Bonjour, Soazig!

Alors que nous terminons notre repas, Marie-Morgane apparaît, un sourire aux lèvres. Elle n'est pas à l'école, nous dit-elle, car elle a une semaine de vacances pour la Toussaint, comme tous les jeunes Français.

— Tu as bien dormi? demande-t-elle en me faisant un clin d'oeil.

— Ouais... mais je suis toujours fatiguée. On dirait que je n'arrive pas à m'habituer au décalage horaire.

Marie-Morgane éclate de rire... et moi aussi. Les yeux de Sébastien vont de l'une à l'autre. Il semble perplexe.

— Si je vous dérange, faut me le dire, hein!

Sa remarque et son air nous font encore plus rire.

— Bien! Puisque c'est comme ça, je vous laisse, ajoute-t-il en se levant de table tout en poussant un soupir exagéré.

Dès qu'il a disparu, Marie-Morgane s'assoit. Elle se penche au-dessus de la table et me parle sur un ton complice.

— Comme tu ne te réveillais pas, ce matin, je suis allée fouiller dans la bibliothèque de mes parents. Et j'ai trouvé des choses qui pourraient nous être très utiles au sujet de nos découvertes d'hier soir...

J'apprends ainsi que selon la légende, le souterrain emprunté par le jeune homme qui a pénétré dans Ys engloutie partait du manoir Keragan. Or, ce manoir existe encore. Il est composé de plusieurs bâtiments, tous abandonnés à part un, qui a été transformé en bar.

— Et alors? me demande Marie-Morgane. Tu arrives aux mêmes conclusions que moi?

Certain! La solution me saute aux yeux. Nous sommes arrivées à Ys après avoir découvert la maison de jeu. Or, d'après la légende, une entrée du souterrain conduisant à Ys se trouve au manoir Keragan. Conclusion logique: le tripot est probablement installé dans le sous-sol du manoir!

— Est-ce qu'on avertit la police?

— Surtout pas! s'exclame mon amie. Si le maire est dans le coup, il y a des chances pour que le chef de police soit aussi impliqué dans cette affaire. Ou pour qu'il sache tout et qu'il ferme les yeux.

Je ne peux qu'approuver, ce qui ne résout pas notre problème. Maintenant que nous connaissons la malhonnêteté d'Erwann Le Pavec, nous ne pouvons pas le laisser continuer ses activités! Mais, de toute manière, avant de pouvoir faire quelque chose de concret, nous devons réunir des preuves.

— Tu sais où il se trouve, le manoir Keragan?

— Oui, bien sûr. Ce n'est pas très loin, on peut s'y rendre à bicyclette, me répond Marie-Morgane.

— Parfait. Parce que c'est exactement ce que nous allons faire ce soir. Nous nous cacherons là-bas pour guetter le maire et nous assurer que la maison de jeu est vraiment dans le manoir.

— Oui d'accord, approuve Marie-Morgane. Mais après, si le maire se présente vraiment au bar Keragan et s'il y passe plusieurs heures, qu'est-ce que nous ferons?

— Nous ne pouvons pas faire confiance à la police de Plogoff, tu me l'as dit. Alors, si nous nous adressions aux autorités de Brest?

— Pourquoi Brest?

— Parce que je connais quelqu'un, là-bas, qui pourrait nous aider. C'est une assez bonne raison pour toi?

Surprise, Marie-Morgane ouvre grand les yeux.

— Toi? Tu connais quelqu'un de la police de Brest?

— Il n'est pas policier, mais il pourra nous indiquer à qui nous adresser. Il est capitaine de marine.

Et je lui parle du capitaine Crochet qui s'appelle en réalité Arnaud Madec. Pour le contacter, pas de problème: Jocelyne a gardé la carte qu'il lui a remise dans le train.

— Qu'est-ce que tu en dis?

— Que je vais aller faire une longue sieste tout à l'heure parce que je sens que cette nuit, le «fantôme» de l'hôtel va encore faire des siennes! répond mon amie en pouffant de rire.

Je dois avouer qu'en ce lundi après-midi, Marie-Morgane n'est pas la seule à faire un somme. Quand Jocelyne entre dans ma chambre, vers seize heures, elle me fait sauter jusqu'au plafond.

— Tu dormais? s'étonne ma mère.

— Oh... Heu... Oui. Tu sais, le décalage horaire...

Jocelyne me regarde d'un air étonné. Parce que, non, elle ne connaît pas les problèmes du décalage horaire. Elle, elle change l'heure de son horloge interne en même temps que celle de sa montre!

— Veux-tu venir avec moi à Locronan? C'est un vieux village qui a été construit à peu près à l'époque où vivait Gradlon, le roi de la légendaire ville d'Ys.

Je me demande bien ce que Jocelyne dirait si je lui proposais, moi, de lui faire visiter «la légendaire ville d'Ys». La tête qu'elle ferait! Elle croirait d'abord que je suis folle, puis elle prendrait son appareil-photo et me suivrait, au cas où... Après tout, un scoop, c'est un scoop.

Cela dit, j'accepte de l'accompagner. Ainsi, les heures passent plus vite, et je n'ai pas le temps de trop m'impatienter en attendant vingt-trois heures.

C'est en effet à cette heure-là que Marie-Morgane et moi quittons l'hôtel pour aller au manoir.

Nous y arrivons vers minuit. Nous cachons nos bicyclettes dans un buisson situé à proximité du manoir Keragan. La lune suffit à nous éclairer. Heureusement,

car il n'est pas question de manifester notre présence par nos lampes.

Le manoir forme un genre de grand *U*, dont une seule des deux branches a été rénovée. C'est là que se trouve le bar. Un peu plus loin, il y a un autre bâtiment, plus haut. De l'extérieur, il est passablement délabré.

Autour du manoir, un parking presque vide. J'imagine que les gens qui vont à la maison de jeu stationnent ailleurs! Ils n'ont sûrement pas envie que leurs voitures soient identifiées!

À côté de ce parking se trouve un arbre énorme. En l'apercevant, Marie-Morgane et moi avons la même idée: avec ses grosses branches basses facilement accessibles et son feuillage épais, il constitue le point de surveillance idéal.

Il est minuit et demi lorsque nous nous y installons, prêtes à y passer la nuit s'il le faut.

Il est une heure moins sept exactement quand Erwann Le Pavec, l'homme à la tête de tortue, entre au manoir.

Chapitre X
Téléphone de Brest!

Le maire de Plogoff est ressorti du manoir-bar-tripot Keragan à trois heures et demie. Il était temps: Marie-Morgane et moi étions en train de nous endormir, là-haut, sur notre arbre perchées. Autant dire qu'encore une fois, j'ai fait la grasse matinée.

Mes parents s'étaient déjà volatilisés quand je me suis levée. Ce qui, honnêtement, faisait mon affaire: j'avais quelque chose à aller chercher dans leur chambre, et je ne voulais pas répondre à des questions indiscrètes.

Je suis descendue et, grâce à Marie-Morgane, j'ai pu obtenir sans problème la clé de la chambre de Jocelyne et Sébastien. Et maintenant, depuis une dizaine de minutes, je fouille dans les affaires de ma mère. Je dois l'avouer: c'est la première fois que ça m'arrive, et je déteste cela.

Mais je n'ai pas le choix: je dois retrouver la carte que lui a donnée Arnaud Madec, alias le capitaine Crochet. Finalement, je la trouve. Elle sert de signet dans un roman.

Je descends en quatrième vitesse apprendre la bonne nouvelle à Marie-Morgane. Et lui remettre la clé de la chambre de mes parents. Puis nous nous précipitons dans ma chambre pour téléphoner.

Mais... maintenant que je dois mettre

mon idée à exécution, je me sens un peu gênée. Après tout, je ne le connais pas vraiment, le capitaine Crochet. Peut-être qu'il ne se souviendra pas de moi. Sûrement, même, qu'il ne se souviendra pas de moi! Mais avec un peu de chance, il se rappellera Jocelyne.

— Bien sûr que je me souviens de toi... et de ta mère! s'exclame Arnaud Madec quelques minutes plus tard, alors que je lui parle au téléphone.

Ouf! Du coup, je me sens un peu moins rouge — parce que je rougis même au téléphone; on est extraordinaire ou on ne l'est pas!

— Alors, Soazig, qu'est-ce que je peux faire pour toi?

LA question. Je sens que je vais encore rougir. Pitié, que quelqu'un me donne du courage! C'est Marie-Morgane qui entend mon message subliminal. Et son courage, elle me l'envoie sous forme d'un coup de coude dans les côtes. Merci!

— Bien... écoutez, capitaine, c'est une histoire très délicate. Très embêtante, même. À vrai dire, vous risquez de ne pas me croire...

— Tu sais, Soazig, à force de tourner

en rond, on finit par s'étourdir. Si tu veux vraiment me dire quelque chose, vas-y. Ce ne sera pas plus facile dans dix minutes.

Mais c'est un sage, un philosophe, ce capitaine de marine! D'accord, je me jette à l'eau. Et je raconte tout. L'histoire au complet... à part ce qui concerne la ville d'Ys. Je veux bien passer pour une menteuse, mais pas pour une folle!

À l'autre bout du fil, Arnaud Madec ne dit rien. Si je n'entendais pas ses exclamations étouffées de temps en temps, je pourrais croire que je parle dans le vide.

— Alors?

C'est mon dernier mot. Et ma voix tremble tandis que je le prononce. J'attends le verdict du capitaine Crochet. Mais il reste muet.

— Capitaine? Vous... êtes toujours là?

— Oui, oui! Bien sûr.

Sa voix est préoccupée, sèche. Je me rends compte que maintenant, je ne parle plus à un philosophe, mais à quelqu'un investi d'une autorité. Et je me sens encore plus intimidée.

— Est-ce que... vous me croyez?

— Si je te crois? s'exclame-t-il. Bien sûr que je te crois!

Ouf! Ou plutôt, ouf!!! Il me semble qu'on vient d'enlever un poids énorme de mes épaules. Comme dans un rêve, je l'entends me dire de ne pas aller au manoir, de rester dans les environs de l'hôtel et de l'attendre. Il m'assure qu'il va passer dans la soirée.

— Il t'a crue? Je n'en reviens pas! s'écrie Marie-Morgane une fois que j'ai raccroché.

— Moi aussi, j'ai été surprise qu'il

prenne au sérieux ce que je lui disais. Mais après mes explications, il m'a raconté qu'un de ses amis, qui est commissaire à la police de Quimper, travaille à cette affaire. Et il soupçonne justement le maire Le Pavec!

— Génial! Quelle chance nous avons que tu connaisses ce capitaine Madec! Et maintenant, qu'est-ce qu'on fait?

— On pourrait préparer un piquenique et aller le manger sur la pointe du Raz. Juste pour regarder la mer, prendre du soleil et... attendre ce soir.

— Attendre quoi?

C'est ce que je lui explique au cours de l'après-midi.

Chapitre XI
Le plan du capitaine Crochet

Le soir venu, je suis avec ma mère, en train de discuter dans la salle de télévision de l'hôtel, lorsque le capitaine Arnaud Madec apparaît. Il fait la bise à Jocelyne — quatre fois, s'il vous plaît, il paraît que c'est la coutume — ainsi qu'à moi — deux fois seulement. On dit que les coutumes, ça se perd, mais je ne savais pas que ça disparaissait aussi vite!

Puis il pousse une exclamation de surprise lorsque mon père apparaît.

— Sébastien Lefrançois!

— Arnaud? s'étonne mon père, tout aussi étonné. Qu'est-ce que tu fais ici?

Jocelyne et moi apprenons alors que le capitaine Madec est le conseiller technique pour les scènes de *Tristan et Iseult* qui se passent en mer. C'est ainsi que mon père et lui ont fait connaissance il y a six semaines. Et ils sont devenus de bons amis, parce qu'ils aiment tous les deux les activités de plein air.

Ce qui me surprend, moi, c'est qu'en discutant pendant quatre heures dans le train, Jocelyne et le capitaine n'aient pas une seule fois abordé le sujet du tournage! Enfin, ça me surprend et ça ne me surprend pas. Je connais ma mère: son sujet de discussion préféré, c'est son travail. Pas celui des autres.

Et les voilà maintenant tous les trois qui parlent, qui parlent. Comment va le tournage? Est-ce que vous partez bientôt en bateau? Avez-vous rencontré tous les gens que vous vouliez? Moi, je commence à trouver le temps long!

— Capitaine Madec, est-ce que vous voulez voir la plage?

Mes parents me regardent d'un air surpris. Le capitaine aussi: c'est lui qui devait faire cette proposition. Mais, comme il n'arrêtait pas de bavarder, j'avais peur qu'il oublie ce qu'il venait faire!

— Justement, Soazig, ça me plairait beaucoup. Mais pas seulement la plage. Je ne sais pas si tes parents seraient d'accord, mais on m'a raconté que la pointe du Raz est magnifique la nuit. Peut-être que toi et cette Marie-Morgane dont tu m'as parlé tout à l'heure pourriez me servir de guide?

Quelle idée! Il m'avait dit qu'il allait trouver une excuse pour expliquer mon absence à mes parents! C'est ça, son excuse? Pas fort, pas fort!

— Es-tu sérieux, Arnaud, tu n'as jamais vu la pointe de nuit? s'étonne Sébastien.

— Eh bien, non!

Mon père se tourne alors vers moi.

— Est-ce que tu veux accompagner le capitaine? J'y suis allé la semaine dernière, et c'est un spectacle que je n'oublierai jamais. Je suis sûr que tu aimeras cela, toi aussi.

C'est vrai: mes parents ne sont pas au courant de mes escapades nocturnes!

— Je ne sais pas quelles sont tes intentions, Jocelyne, mais moi, je ne les accompagne pas. Je suis beaucoup trop fatigué... et je travaille encore cette nuit, poursuit mon père.

C'est vrai que Sébastien a vraiment l'air épuisé. Je ne lui ai jamais vu les traits aussi tirés, les yeux aussi cernés.

— Je vais rester avec toi, répond Jocelyne. J'ai des notes à trier et à consulter pour mon entrevue de demain.

Je ne sais pas pourquoi... mais je m'en serais doutée.

Je vais donc prendre mon indispensable sac à dos et chercher Marie-Morgane. Pendant ce temps, le capitaine Crochet fait ses adieux à mes parents. Il retrouve soudain le sens des coutumes et fait quatre bises à Jocelyne!

Une fois dehors, nous marchons vers sa voiture. Enfin, je pensais que c'était sa voiture. Quand nous ouvrons les portières, je m'aperçois qu'un homme se trouve déjà au volant.

— Bonsoir, mesdemoiselles, dit-il en souriant. Je suis le commissaire Caer. Arnaud m'a longuement parlé de vous, et je crois que nous avons bien des choses à nous raconter...

Sur ce, il allume le moteur et, à toute vitesse, il se lance sur la route en lacet qui monte jusqu'à la pointe du Raz.

Là-haut, nous allumons nos lampes et nous marchons vers le bout de la terre. Cette nuit, pas le temps d'admirer le paysage.

Arrivés à destination, Marie-Morgane et moi poussons quelques pierres et nous

montrons l'entrée du souterrain au capitaine et au commissaire. Alors que nous nous relevons en souriant, nous interceptons le regard étonné que s'échangent les deux hommes.

— Pourquoi avez-vous l'air aussi surpris? leur demande Marie-Morgane. Dans le fond, vous ne nous croyiez pas vraiment, n'est-ce pas?

— Il y a un peu de ça, avoue finalement le commissaire Caer.

— Eh bien! vous allez voir que nous ne vous avons pas menti. Suivez-nous! dit mon amie.

Sa voix est ferme, alors qu'elle prononce ces mots, mais on sent qu'elle est fâchée. Elle est un peu susceptible, Marie-Morgane. Moi aussi.

Nous nous avançons donc dans le souterrain et nous marchons d'un pas rapide, suivies par le capitaine et le commissaire. Nous avons décidé de prendre la tête pour une bonne raison: nous ne voulons surtout pas qu'ils découvrent la seconde branche du souterrain. Celle qui conduit... à Ys.

— C'est vraiment incroyable! souffle soudain le commissaire. Moi qui suis venu des centaines de fois sur la pointe, je n'arrive pas à croire à ce souterrain! C'est incroyable, vraiment!

Quand il parle, le commissaire Caer met tout le temps dans ses phrases des «C'est vraiment incroyable» ou des «C'est incroyable, vraiment.» Il le répète bien vingt fois au cours de la demi-heure que nous passons à marcher vers la maison de jeu.

Soudain, nous nous arrêtons.

— Il faut que nous éteignions nos lampes, maintenant, dit Marie-Morgane. Nous sommes presque arrivés.

Les deux hommes nous obéissent. Oui, oui, ils NOUS obéissent. J'avoue que je ne déteste pas ça du tout!

Dans le noir, nous avançons plus lentement avant d'atteindre la paroi. Et la faille. Marie-Morgane s'y précipite, jette un coup d'oeil, puis me laisse la place. Et, avec un grand sourire, nous nous tournons vers nos deux compagnons et nous leur faisons signe d'aller regarder. Encore une fois, ils nous obéissent. Oh, que j'aime cette histoire!

Au bout de quelques minutes, le commissaire Caer se retourne vers le capitaine et dit, d'une voix étouffée, une phrase... qui va passer à la postérité:

— C'est vraiment incroyable... c'est incroyable, vraiment!

— Mais je n'ai pas vu le maire, souligne le capitaine.

Là, c'est à une des expertes, c'est-à-dire à Marie-Morgane ou à moi, de prendre la parole. Je suis plus rapide que mon amie.

— D'habitude, il arrive tard. Les deux fois où nous l'avons vu, c'était après minuit. Là, il n'est que vingt-deux heures.

— Nous avons donc le temps de mettre en branle la seconde phase de cette opération, dit simplement le commissaire.

Il nous fait signe de le suivre. Rapidement, nous revenons sur nos pas. Lorsque nous arrivons à sa voiture, il ne fait plus aucun doute que c'est lui qui a repris les commandes. Nous lui avons fait part de tout ce que nous savions. Maintenant, il n'a plus besoin de nous. Le seul projet qu'il a pour nous, c'est de nous ramener à l'hôtel en sécurité!

Mais s'il croit que nous allons nous laisser faire, il se trompe! C'est notre aventure, après tout!

Pendant le trajet du retour, Marie-Morgane et moi écoutons attentivement les propos du capitaine et du commissaire, afin d'en savoir plus sur leurs intentions. C'est facile: ils ne se gênent pas pour tout raconter devant nous... comme si nous n'existions plus. Quels ingrats!

Nous n'avons pourtant pas l'intention de les embêter et de nous mêler de l'arrestation. Nous ne sommes pas des héroïnes de roman! Nous voulons seulement assister, en spectatrices, à la conclusion de notre aventure. Normal, non?

— Ici Caer, dit soudain le commissaire en décrochant un appareil du tableau de bord de sa voiture. Vous me recevez?

Un grésillement se fait entendre.

— Oui, mon commissaire, ici Le Moal. Je vous reçois bien.

— Parfait. Écoutez, j'arrive à l'hôtel

des Trépassés, où je dépose mes deux informatrices. Leurs renseignements sont exacts. Alors, déployez-vous autour du manoir et surveillez l'arrivée de Le Pavec. Je devrais être avec vous dans moins d'une demi-heure.

— Compris, commissaire. Terminé.

— Ouais, ouais, terminé! dit le commissaire avec un grognement de satisfaction. Terminé pour ce maire de malheur! En tout cas, mesdemoiselles, je vous dois une fière chandelle. Ça fait plus de six mois que je suis sur cette affaire, et je n'arrivais pas à trouver de preuves.

— Vous ne devriez pas vous réjouir aussi vite, ça porte malheur, lui répond ma superstitieuse amie. Parce que ce n'est pas sûr que le maire aille à la maison de jeu ce soir.

— De toute manière, nous ne nous montrerons pas s'il ne se présente pas cette nuit, affirme le commissaire. Nous voulons absolument l'attraper avec les autres joueurs. S'il ne vient pas, nous reviendrons demain, et après-demain s'il le faut. Je veux l'avoir et maintenant, ce n'est plus qu'une question de jours avant que j'y parvienne...

Quel vantard, ce commissaire Caer! «Avant que j'y parvienne», dit-il. Et nous, là-dedans?

— Vous voilà arrivées, nous lance-t-il en arrêtant sa voiture devant l'hôtel. Je vous remercie encore une fois. Demain matin, je vous téléphonerai pour vous mettre au courant.

Quelle générosité!

Vexées, nous sortons de la voiture. Le capitaine Crochet aussi, pour nous saluer... et vérifier si nous entrons bien à l'hôtel.

Nous y entrons en effet. Pour en ressortir dès que la voiture du commissaire s'est suffisamment éloignée et pour nous précipiter dans le garage où nous attendent nos vélos.

Encore une fois, nous nous lançons dans un sprint. Direction: le manoir Keragan.

Malgré nos efforts, nous arrivons trop tard. Lorsque nous descendons de nos bicyclettes, les policiers sont déjà sortis de l'ombre et entourent une trentaine de personnes qu'ils viennent d'arrêter.

Parmi ces personnes, Erwann Le Pavec, le maire de Plogoff, qui crie à l'in-

justice, qui menace et qui déclare s'être trouvé sur les lieux seulement par hasard. Bref, il n'a pas l'air content du tout. Je ne comprends pas pourquoi: l'homme à tête de tortue va bientôt se retrouver dans... un panier à salade!

Je souris à cette pensée quand une voix sèche et forte se fait entendre derrière nous.

— Bon sang! Qu'est-ce que vous fabriquez ici, vous deux?

Nous sursautons, puis nous nous retournons. Et là, je sens mes jambes défaillir.

Mon visage devenir plus blanc que celui d'un fantôme. Mon monde s'écrouler. Celui qui vient de parler est encadré par le commissaire Caer et le capitaine Madec.

Celui qui vient de parler, c'est Sébastien.

Chapitre XII
En Bretagne, tout est possible

Ce n'est pas possible. Je vis un cauchemar. Sébastien. Sébastien qui nous disait qu'il travaillait tard. Sébastien qui a les yeux rouges et cernés. Sébastien... qui passait ses nuits à jouer?

Mon coeur se serre tellement qu'il me fait mal. Les larmes me montent aux yeux.

— Enfin, Soazig, il ne faut pas le prendre comme ça! s'exclame mon père en voyant mon air désespéré.

Ne pas le prendre comme ça? Mais enfin, il se fait arrêter dans une maison de jeu... et il veut que j'accepte ça?!

— Comment tu réagirais à ma place, si maman... ou si moi, on se faisait arrêter sous tes yeux! Tu trouverais ça normal?

En entendant ces mots, Sébastien, le capitaine et le commissaire se regardent, l'air de dire: «Mais qu'est-ce qu'elle raconte?» Et soudain, ils éclatent de rire.

— On ne m'a pas arrêté! s'exclame

mon père. Arnaud et le commissaire étaient en train de m'expliquer ce qui s'était passé: la découverte de la maison de jeu, le rôle que Marie-Morgane et toi aviez joué là-dedans, l'arrestation du maire et de ses complices!

Là, il s'arrête une seconde. Me regarde.

— C'est d'ailleurs pour cela que j'ai haussé le ton en t'apercevant tout à l'heure. Je n'apprécie pas tellement tes petites promenades nocturnes. Mais... on reparlera de tout cela plus tard.

Et il part à rire de plus belle.

— Comme ça, tu croyais vraiment qu'on m'avait arrêté?

Moi, je me sens bête. Extraordinairement (oui, oui) bête. Ce qui ne va sûrement pas m'empêcher de tenter de me justifier!

— Comment est-ce que je pouvais savoir que tu te trouverais ici juste par hasard? Parce que, après tout, tu m'avais dit que tu travaillais, ce soir!

Sébastien me regarde en souriant.

— C'est exactement ce que je faisais. Nous tournons certaines scènes au manoir. Tu vois, dans ce bâtiment, là-bas. Il est parfait pour nos prises de vue intérieures. Tu veux le voir?

Comme nous sommes sur place, pourquoi pas?

Marie-Morgane et moi suivons donc Sébastien jusqu'au bâtiment. Un bâtiment étrange, nous apercevons-nous: il semble beaucoup plus haut de dedans que de dehors.

En effet, quand on y entre, il faut descendre un escalier d'une quinzaine de marches. Résultat: comme le bâtiment est partiellement construit en sous-sol, les murs ont environ deux mètres de plus à l'intérieur que ce qui apparaît à l'extérieur.

Malgré tout, au premier coup d'oeil, nous sommes déçues. La légende de *Tristan et Iseult* se déroule bien avant l'époque où les châteaux de la Loire, le château de Versailles... et même le château Frontenac ont été construits.

La demeure «royale» que nous traversons n'a rien de luxueux. Ainsi, quand nous arrivons dans ce qui ressemble à un dortoir et que mon père nous apprend que c'est la chambre du roi, nous ne pouvons retenir un grand beurk!

La pièce est grande, oui. Mais elle n'a pas de fenêtre. Le plancher est en terre. Et ce que Sébastien nous indique être la couche du roi et de la reine n'est pas du tout, mais alors là pas du tout, un lit à baldaquin! Ça a plutôt l'air d'un gros tas de chiffons.

— Et les autres lits, ils sont pour leurs enfants? demande Marie-Morgane.

Autres beurk! quand Sébastien nous explique qu'à cette époque, certains membres de la cour dormaient dans la même pièce que le roi et la reine! Quelle idée!

— Venez, poursuit mon père.

Il traverse à grands pas la chambre royale pas du tout royale et se rend jusqu'à une porte qu'il pousse.

Marie-Morgane et moi entrons et, ensemble, nous poussons un cri. Nous nous regardons, incrédules, stupéfaites, ahuries. Ça ne se peut pas!

Comme des automates, sans un mot, nous marchons vers l'autre bout de la pièce et scrutons le mur. Dans le coin droit de la salle à manger, à peu près à 50 centimètres du sol, nous apercevons une longue faille dans le mur.

Une faille qui donne sur notre souterrain. Hé oui! C'est par là que, dans la nuit de dimanche à lundi, nous avions aperçu la pièce où nous nous trouvons maintenant. Enfin, une partie de cette pièce.

Parce que, si nous en avions vu le plafond, avec tous les câbles électriques et les puissants projecteurs qui s'y trouvent, nous n'aurions sûrement pas imaginé avoir retrouvé Ys!

Finalement, nous devons l'admettre, notre souterrain ne conduit pas à la ville engloutie, il ne fait que déboucher sur une autre partie du manoir.

— C'est ici que tu travaillais, dans la nuit de dimanche à lundi?

Sébastien, étonné de sentir tant de déception dans ma voix, me répond que cette nuit-là, il tournait à l'extérieur, mais qu'une équipe de techniciens était venue faire des tests d'éclairage en prévision du tournage de ce soir.

Tout s'explique! Lors de notre grande «découverte», c'est pour cela que tous les chandeliers étaient allumés et que la salle à manger avait un air de fête. D'ailleurs, à ce sujet, je m'aperçois que les flammes des bougies sont en fait... de petites ampoules électriques dont la lumière vacille.

— Mais enfin, qu'est-ce que vous avez, toutes les deux? demande mon père en voyant nos mines déconfites.

— Rien, rien, répond Marie-Morgane.

— Bon... alors, si ça ne vous dérange pas, je vais aller retrouver mes collègues. Ils doivent encore être dehors avec les policiers. Je vais voir ce qui se passe.

Il est bien, Sébastien. Il a compris que Marie-Morgane et moi avons des choses à nous dire. Seule à seule.

En fait, la première chose que nous nous disons est quelque chose comme pfft! Un gros soupir que nous poussons en même temps. Un gros soupir de déception.

— Ça aurait été trop incroyable de découvrir Ys! s'exclame Marie-Morgane.

— Tu l'as dit! Quand je pense que la deuxième branche du souterrain ne fait qu'aller d'une partie du manoir à une autre! Moi, il me semblait que nous avions marché pendant une heure, lorsque nous étions dans le noir!

— Moi aussi. Dommage, tout ça. Qu'est-ce qu'on va faire, maintenant?

Je hausse les épaules. Du tourisme? Comme les gens ordinaires? Oh non! Pas moi! Je ne m'avoue pas vaincue! Il me reste encore une semaine et demie à passer en Bretagne. Suffisamment de temps pour...

Avec un sourire, je propose à Marie-Morgane:

— Que dirais-tu d'essayer de découvrir les trésors cachés autrefois par les pirates de l'île de Sein? Ou d'aller saluer les fantômes du phare d'Ar-Men? Ou encore d'aller nous promener sur la barque de la nuit, celle qui apparaît parfois dans la baie et qui est conduite par le premier mort de l'année?